DEUX ANS
DE RÈGNE.

TROISIÈME ÉPITRE

A

PAUL-LOUIS COURIER.

Par J.-G-C. FEUILLIDE.

PARIS,

PERROTIN, LIBRAIRE-ÉDITEUR,

RUE DES FILLES SAINT-THOMAS, N. 1.

1832.

Y

DEUX ANS

DE RÈGNE.

Paris — Imprimerie de Auguste MIE, rue Joquelet, n. 9,
place de la Bourse.

DEUX ANS
DE RÈGNE.

TROISIÈME ÉPITRE

A

PAUL-LOUIS COURIER,

PAR

J.-G.-C. FEUILLIDE.

PARIS,

PERROTIN, ÉDITEUR,

RUE DES FILLES SAINT-THOMAS, N° 1, PLACE DE LA BOURSE.

1832.

Si Dieu mesure mes forces à mon courage et à ma haine, cette satire contre les hommes infligés à la France sera suivie de beaucoup d'autres, mais elles ne paraîtront ni sous un même titre, ni à jours déterminés, bien que rapprochées le plus possible; trouvant, d'abord que j'aurai assez à faire que de me débattre contre les gens du roi et de la police, sans avoir encore à me démêler dans les réseaux du fisc pour droit de timbre et cautionnement. Il faut bien avouer ensuite que si, chez le poète, la volonté est toujours forte, l'inspiration est capricieuse et ne vient pas toujours à commandement et à heure fixe.

Au reste, rien au monde ne pourra m'empêcher de remplir jusqu'au bout la tâche que je m'impose. La peur? je ne la connais pas. La prison? je la brave. Les amendes? mes vers les paieront. La corruption? je suis de ceux qui se font tuer, mais qui ne savent pas se vendre.

En juillet, pour ma foi politique, je jouai ma tête comme tout écrivain de conscience et de quelque valeur. Aujourd'hui, pour elle, je joue encore ma liberté, ma vie même, car je suis de ceux qui, attaquant de front les sots, les traîtres, les fripons politiques ou autres, leur brise le masque sur le visage.

FEUILLIDE.

DEUX ANS

DE RÈGNE.

— Bussy le Clerc. —
Au diable le Valois ! Essayons de Mayenne
Et nous verrons après.
—Lachapelle-Marteau.—
Vous ne changez qu'un nom !
(*Six mois de la Ligue*, drame inédit.)

Depuis les jours maudits où dans mes deux épitres,

Je t'ai de longs affronts déroulé les chapitres ,

Alors que Polignac, flanqué de Peyronnet ,

De notre liberté convoitant le plus net ,

Dans une lutte à mort que je crus la dernière ,

Nous voulait pour toujours enrayer dans l'ornière ,

Paul Louis, mon ami , mon doux maître en pamphlets,

Si trois ans sont passés sans que mes vifs soufflets

Des hommes du pouvoir aient flagellé la joue,

Trois ans je n'ai pas vu se rouiller dans la boue

Ma lancette, ou pourrir mon bâton de bois vert,

Ni sur les fonds secrets ayant crédit ouvert,

Déserteur de Juillet, et trafiquant de honte,

Fait de mes vers billets que la police escompte.

Non, je n'ai point vécu muselé dans l'égout

Dont la clé diffamante est aux mains de d'Argout.

Mais j'avais espéré que broyés dans la fange,

Sous nos pavés sanglans, tout stupide mélange

De sots, de flagorneurs et de valets titrés,

Frisés, musqués, brodés, enrubanés, mitrés,

Toute Camarilla portant guimpe ou couronne,

Race courtisanesque et race fanfaronne

Etaient morts à jamais, et, prompt à m'abuser,

Je voyais la matière à pamphlets s'épuiser.

Enfant, j'avais l'espoir qu'après les trois journées

Les routes d'autrefois seraient abandonnées ;

Que ministres et rois, enseignés par Juillet,

Du code de la cour brûleraient le feuillet

Où sont écrits ces mots : Immuable pensée,

Et tant d'autres, écueils d'une morgue insensée ;

Mots pourvoyeurs du Ham et dresseurs d'échafaud,

Lorsqu'un maître de poste aux fuyards fait défaut.

C'est à toi que je dus cette folle espérance.

Quand cent vingt-députés bâclaient un roi de France ;

— Car parmi nous, tu sais, gens pullulent toujours

Qui ne peuvent sans roi vivre plus de trois jours ;

C'est que sans roi, vois-tu, plus de soutiens du trône

En char à six chevaux lui demandant l'aumône,

Plus de haute livrée et plus d'aides de camp,

Plus de titres, d'emplois, et d'honneurs à l'encan,

Plus de liste civile... Eh! Dieu! sans cette idole

Que serait devenu l'art dont l'on tient école,

L'art de faire sa cour, de servir, et chez nous

La faveur de servir s'implore à deux genoux.

Or, comme tu l'as dit, toi, le Français est brave,

Et des peuples il est, non pas le plus esclave,

Mais bien le plus valet : S'il ne sert il mourra.

Et les cent-vingt ont dit : Tout bon Français vivra. —

Donc, pour les serviteurs, quand ils cherchaient un maître

Sur les murs de Paris des zélés firent mettre,

Devant le peuple armé criant : Plus de Bourbon!

Un placard bien signé : Paul-Louis, vigneron.

—Pardonne-leur! Vivant, tu détestas la brigue,

Et mort, l'on te rendit complice d'une intrigue. —

Plus d'un barricadeur en qui nous avions foi,

Parlant de grands seigneurs, répétait d'après toi :

« Il en est un que j'aime entre tout ceux qu'on nomme

Parce qu'étant né prince, il daigne être honnête homme,

Et d'attraper les gens ne se fait point un jeu.

Il ne m'a rien promis, rien juré devant Dieu ;

Mais le cas avenant pour moi, vous ou les vôtres,

—Quoiqu'il m'en ait déjà si mal pris avec d'autres,—

Je me fîrais à lui. Si faut-il, en effet,

Se fier à quelqu'un. Avec lui, l'accord fait,

Il le tiendrait sans fraude ou chicane, je pense,

Sans de son confesseur attendre une dispense,

Sans en délibérer, fier comme je le crois,

Avec de vieux voisins gentilshommes ou rois. »

D'aucuns bien avisés : — Ceci point ne nous touche,

Proverbe dit : Tant vaut le rameau que la souche,

Et la souche est pourrie. Un plus grand nombre, hélas!

Qui, par indifférence, et qui, d'intrigues las,

En dépit des soupçons et des bruits qui coururent,

Par respect pour toi seul sur parole te crurent.

— De la France, aussi bien, sous nous tremble le sol,

Criaient les plus pressés; et le bon homme Paul,

Qui sentait d'une lieue un traître bon à pendre,

N'a pas pu se tromper sur l'homme qu'il faut prendre. —

Puis Lafayette vint qui, la main sur le cœur,

Nous dit en l'embrassant : Prenez, c'est le meilleur!

Sans le mettre à l'essai, pauvres gens! nous le prîmes;

O Dieu du ciel! qu'il fit bon voir comme nous rîmes

A la barbe de ceux dont la morne pâleur

Semblait à tout Paris prophétiser malheur.

De fait, les premiers jours c'était une merveille

Comme un peuple en mille ans n'en voit pas de pareille.

— Sire, viens au balcon!. Il vient. Bonjour, mon roi!

—Sire, chante avec nous!.. Il chante. Et bien, ma foi!

— Sire, ta main ici? — Volontiers, camarade.

— O Sire, une harangue. — O Sire, une accolade.

Et serrement de mains, accolades, chanson,

A volonté sur nous pleuvaient à l'unisson.

Mais ce n'est tout: chez lui toujours nouvelle fête,

On criblait de bons mots la gênante étiquette

Et les habits de cour, et les airs comme il faut;

On dînait en famille et l'on pensait tout haut.

Et dans la cour d'honneur, sans qu'on leur cherchât noises,

En char numéroté, mes dames les bourgeoises

Se pavanaient, et puis, dans le grand escalier

S'appuyaient sur les bras d'un royal cavalier.

C'était bien! Mais voyez, jusqu'où de cet engeance

Qu'on appelle le peuple arrive l'exigence.

Là, ne se met-il pas dans l'esprit qu'autrefois,

Avec ses trois couleurs et son vieux coq gaulois,

Jusqu'au Rhin de la France il poussa la frontière,

Et que, puisqu'on lui rend son coq et sa bannière,

On ne ferait pas mal, tandis qu'on est en train,

De lui restituer sa frontière du Rhin.

Est-ce tout? Non vraiment. Il veut bien autre chose :

Ainsi, n'entend-il pas prendre en ses mains la cause

De tout peuple qui livre aux pavés des cités

Les bois dorés du trône, ogres de libertés;

Avisant qu'il était bien juste en conscience,

Puisque messieurs les rois ont leur Sainte-Alliance,

Que les peuples enfin eussent la leur aussi.

Mais de tout ce beau feu l'on eut peu de souci.

Et même, à ce propos, sur nous des railleries

Tombèrent de haut lieu; car bien des Seigneuries

Déjà tout doucement regrimpaient au perchoir

D'où pour si peu de jours on les avait fait cheoir.

Nous étions, à leurs yeux, fous comme Picrochole

Que maître Rabelais, de l'un à l'autre pôle,

Et par terre et par mer envoyait chevaucher.

De tout quoi le bon peuple eut l'air de se fâcher,

Le mal appris qu'il est, aimant peu que l'on rie

Quand il parle d'honneur, de gloire et de patrie.

Et comme il parlait haut alors, à l'apaiser,

Mais sans faire à sa guise, il fallut aviser.

Or, nos madrés savaient qu'un système se fonde

Sur des mots, que les mots seuls gouvernent le monde.

Que, donc, s'ils en trouvaient quelques-uns à prôner

A l'encontre de ceux que Juillet fit trôner,

Un surtout qui donnât, synonime de honte,

La chose sans le mot, ils vous rendraient bon compte

Des mots gloire, patrie et frontière du Rhin.

Car ils savaient aussi qu'un tout autre refrain

Du bourgeois de Paris peut chatouiller l'oreille,

Et que si c'est, pour lui, liesse sans pareille

De jouer au soldat, de conter des exploits,

Il aime plus encore sa boutique et les lois.

Donc, contre lui la peur devint une patronne,

Par la raison, hélas! que la race poltrone

Est en majorité comme celle des sots.

Jamais docteur Purgon entassant plus de mots

Ne fit tomber Argan dans plus de maladies :

— Ah! vous voulez à tout mettre vos mains hardies!

Ah! vous voulez la guerre!... Eh bien, soit! On l'aura.

Mais vous aurez aussi disette, choléra,

Vol, pillage, incendie, émeute, banqueroute,

Et puis l'invasion qui va se mettre en route. —

Et bourgeois de crier : Pas de guerre! — Fort bien!

Je vois que votre avis s'accorde avec le mien.

Cependant je tiendrais, vous aussi je suppose,

Pour l'honneur de la France à faire quelque chose.

Allons, que voulez-vous? parlez un peu, pour voir. —

La Belgique! — Plaît-il? — La Belgique! — Bonsoir,

Vous riez.—Non.—Si.—Non.—Mon cousin d'Angleterre

La veut aussi. — Qu'importe!—Ah! vous voulez la guerre.

— Mais à Modène, un duc, je ne sais plus son nom,

Fait pendre nos amis; intervenez.—Moi?... non!

Non, mon cousin d'Autriche intervient à Bologne.

Vous voulez donc la guerre?—Écoutez: la Pologne,

La Pologne qui saigne aux mains d'un oppresseur,

Ne l'entendez-vous pas qui crie : A moi, ma sœur?

Sœur de la France, car, sous la même auréole,

On vit son aigle blanc et le drapeau d'Arcole,

Que Dieu nous fit des jours d'ivresse ou de malheurs,

Déployer l'un son vol et l'autre ses couleurs....

— Si je les aime! ô Dieu! ces Polonais si braves?

A tel point que, d'avoir secoué leurs entraves,

Lafayette en mon nom peut les féliciter...

Ça leur fera plaisir; même on peut ajouter,

(Et je le dis bien haut) que j'ai la certitude...

Non, que j'ai l'assurance (au sens de gens d'étude

Assurance vaut mieux) que de vie à trépas,

Quoi qu'on puisse leur faire, ils ne passeront pas.....

La Pologne du moins! Oui, vive la Pologne!

—Voilà parler, que diable! Allons vite en besogne.

—Plus bas! que dites-vous? En besogne! Pourquoi?

Mon cousin de Russie est si poli pour moi.

—Ainsi, vous permettez que la Pologne meure.

—Quelle horreur! moi permettre? ah! j'étouffe... j'en pleure.

Vous voulez donc la guerre? —Oh! ce lâche abandon

Devant l'histoire et Dieu n'aura point de pardon.

—Du tout, du tout. Je suis en règle avec l'histoire

Comme avec Dieu. Voici ma part d'homme et de gloire ;

J'ai sèchement écrit au cousin Nicolas :

Faites ce qu'il vous plait... Mais je ne consens pas.

Par maîtres et valets, d'une voix de tonnerre,

Enfin tant fut crié : Vous voulez donc la guerre?

Puis, tant fut consulté l'intérêt de voisins ,

Qu'en langage de cour on nomme chers cousins ,

Tant mon cousin d'Autriche et mon cousin de Prusse,

Tant mon cousin l'Anglais, tant mon cousin le Russe,

Qu'à Modène un beau jour nos amis sont pendus ;

Qu'au préfet des Anglais les Belges sont vendus;

Et que, joyeux, plongé dans le sang de ses fêtes,

L'aigle russe n'a plus assez de ses deux têtes

Pour meurtrir, déchirer les membres pantelans

De la Pologne morte, et la fouiller aux flancs.

Alors, le rouge au front et frappant sa poitrine,

Le peuple maudissait cette grande ruine,

Et la langue hypocrite et le conseil couard,

Qui dans l'assassinat de honte eurent leur part.

—De la honte? fi donc! votre langue est trop prompte;

Et je ne savais pas que j'eusse de la honte.

Honte est fort bon, vraiment! De honte et de mépris

On vit, parbleu, très bien... C'est la paix à tout prix,

Dit la Bourse, et son peuple est digne de m'entendre.

— Le peuple, ça? des gens toujours prêts à nous vendre,

Et faisant bon marché du sang qu'elle a coûté,

A céder au pouvoir leur part de liberté !

Mais, quand vint l'étranger, on vit leur égoïsme

Comprimer les élans du saint patriotisme

Armé pour affranchir le sol de nos aïeux !

Mais, avec un peu d'or qu'il fit luire à leurs yeux,

L'étranger escompta leur bien-être d'esclaves,

Ce repos qu'ils perdaient si Dieu les eût fait braves !

Non, ce n'est pas le peuple. A ces lâches, du pain,

Des maîtres, une cour… Au peuple, avec la faim

Et sa place au soleil, la liberté, la gloire,

Et, quand vient l'étranger, la mort ou la victoire !

Donc, la paix à tout prix, puisqu'ainsi l'on nomma,

La honte que sur lui le pouvoir assuma,

La paix força la France, hélas ! dont on se joue,

A faire l'arme au bras sa halte dans la boue.

Elle se dit du moins, quand on lui fit voir clair

Qu'à nourrir au soleil des lauriers coûtent cher :

— La gloire fait défaut ; j'aurai l'économie.

Mais bast ! il en coûtait pour vivre d'infamie

Deux cents millions de plus que pour vivre d'honneur.

Nous devions engraisser de honte et de bonheur ;

Avec la paix encore, arts, commerce, industrie

Devaient en florissant enrichir la patrie,

Et nos bons artisans, rouvrant leurs ateliers,

Devaient donner du pain aux braves ouvriers.

Mais voici qui répond à promesses si belles :

La misère, à Lyon, enfanta des rebelles,

On leur donna du plomb, ils demandaient du pain !

Ailleurs, les bras croisés, l'artiste meurt de faim.

Partout des écriteaux qui, pour boutiques vides,

Et maisons à louer, se succèdent rapides.

Vingt fois au Châtelet, au nom d'un créancier

Lui-même poursuivi, chaque jour, un huissier

Vend à l'encan les lits de pères de famille,

De commerçans faillis, dont la place fourmille,

Ou dont, la veille, on vit à la Morgue, en passant,

Sur les marbres infects le cadavre gisant.

—Les beaux arts?—Oh ! de peur que leur feu ne s'éteigne,

Ingres fait le portrait, Boulanger peint l'enseigne,

Tant un roi libéral leur fait de longs loisirs !

Fontaine, d'un maçon courtisant les désirs,

Regratte Jean Goujon, et fait un bloc difforme

Du palais élevé par Philibert Delorme,

Le malheureux ! encor après avoir gâté

Le merveilleux jardin par Lenôtre planté.

Mais toi, qui paraissais bien connaître ton homme,

Lorsque tu nous vantais son humeur économe,

Toi, qui nous prédisais qu'il serait de nos biens

Aussi bon ménager qu'il sait l'être des siens.—

Des siens, je ne dis pas!..—Tu demandes sans doute

A quoi passe l'argent que le pouvoir nous coûte,

Et la liste civile assez ronde, je crois,

Pour un prince qui hait l'étalage des rois,

Et tous ces fonds secrets dont on ne rend pas compte?

Peut-être ils vont chercher ces pauvres que la honte

Empêche, dans le jour, de nous tendre la main.

Peut-être ils ont aidé le proscrit en chemin,

Qui venait demander un asile à la France.

Peut-être ils ont donné du fer et l'espérance,

Alors qu'on ne pouvait leur donner des soldats,

Aux peuples qui mouraient comme Léonidas.....

Je ne sais, Paul Louis, mais je pourrais t'apprendre,

— Si Persil n'était là guettant par où me prendre,

En loup, quelque peu clerc, qui demande à Gisquet

Une tête a couper pour son dernier bouquet,— .

Je t'apprendrais d'où vient l'or qu'à la calomnie

On jette pour flétrir la vertu, le génie,

Tous ces grands noms qu'on livre à la faim d'un mouchard,

Aux journaux du dimanche, au Bonhomme Richard,

Cloaque où l'écrivain de la honte se joue

Et pour éclabousser se plonge dans la boue :

Bagne de la pensée, où Rumigny nourrit

Le forçat journaliste à qui Vidocq sourit.

Ainsi donc point de gloire et point d'économies !

Encor, pour nous payer ces hautes infamies

Si nous avions à nous nos saintes libertés !

Mais non ! de tous les biens par Juillet achetés

Rien ne reste.... Le trône au milieu de ruines

Avait-il donc poussé de si larges racines,

Que si vite l'on put tromper, honnir, chasser

Tous ceux qui près de lui coururent se placer,

Qui, vainqueurs, au pays firent sans artifice

De leurs opinions le loyal sacrifice,

Et qui, de bonne foi croyaient des royautés

L'alliance possible avec les libertés ?

Du passé la leçon était donc inutile

Qu'on fut si vite ingrat envers l'Hôtel-de-Ville ?

Se peut-il que le peuple à qui l'on devait tout,

Qui, Roi durant trois jours, armé, grand et debout,

Dédaigna de venger dans un sang qu'il abhorre

Du joug de l'étranger l'affront saignant encore,

Et qui, sous les haillons, fier de sa nudité,

Devant des monceaux d'or garda sa probité,

Ne soit plus à vos yeux, valets chauffeurs de zèle,

Q'un tigre déchaîné qu'il faut que l'on musèle?

Silence! gens de cour, car le peuple deux fois

Vous laissa par pitié glisser entre ses doigts.

Allons! partagez-vous les dépouilles opimes:

Que les fils de Juillet, oubliés ou victimes,

Meurent dans la misère ou comblent vos cachots;

Moquez-vous des pavés dans leurs mains encor chauds;

Que Persil aux jurés demande encor les têtes

De ceux qui vous ont fait, Seigneurs, ce que vous êtes;

Et, quand un patriote entonne la chanson

Qu'avec nous vous chantiez sur le royal balcon,

Que le sergent de ville, ignoble sentinelle,

Fasse du pont d'Arcole une autre Tour de Nesle.

Sur la place où, pour nous du quatorze Juillet,

Comme en quatre-vingt-neuf, le souvenir brillait,

Ruez des assommeurs, et couvrez de l'épée

La horde des mouchards aux bagnes échappée !

Pillez nos libertés, maîtres !... mais parlez bas.

Valets, assassinez !... ne calomniez pas.

Morte, je sais, plus vîte on vole la victime,

Et dans le sang on veut qu'un vol se légitime.

Aussi quand sont venus les jours, —jours tant pleurés !—

Où, malgré nos conseils, nos frères égarés

Crurent qu'on peut deux fois, sans force surhumaine,

Enfanter les trois jours d'une grande semaine ;

Au cloître Saint-Méry, dans ce sublime effort,

Qui, s'il fut criminel, est lavé par leur mort,

Quand ils furent tombés, comme on tombait à Sparte,

Sur leurs cadavres chauds on nous vola la charte!...

Peut-être rêva-t-on un autre Fructidor,

Sans songer que le peuple a ses Neuf Thermidor

Pour frapper les tyrans, quand les têtes coupées

Trop long-temps à leurs fils ont servi de poupées;

Sans songer qu'à Cherbourg un navire, deux fois,

Peut ne pas abriter le parjure des rois!...

Mais sans la cour suprême, il avait fait son compte,

Ce cher Juste-Milieu! Donc, je crus que la honte

D'avoir ainsi, deux jours, taillé l'épée en main

Sans savoir s'il pourrait coudre le lendemain,

De tours de fanfaron nous l'aurait rendu sobre...

Et voilà, qu'à la France il lance un Onze Octobre!...

Ah! vous voulez jouer?... Nous tiendrons votre enjeu.

Bien! de tous vos poumons soufflez, seufflez le feu!

Soufflez, Hommes de Cour, de Doctrine et d'Eglise !

Aussi bien reste-t-il quelque barbe un peu grise,

Quelques manteaux d'hermine usés par le mépris,

Et des hochets d'enfant, et des rameaux pourris

Rejetons vermoulus des arbres héraldiques,

A brûler sans pitié sur les places publiques.

Soufflez, mordieu ! soufflez, et nous les brûlerons.

Soufflez ! que tout cœur libre, aigri par tant d'affronts,

Brûle de feux sacrés, et ma muse hardie

D'un bout de France à l'autre étendra l'incendie.